UMA HISTÓRIA entre NÓS

ISA G.

UMA HISTÓRIA
entre
NÓS

ILUSTRAÇÕES
FELIPO ROLIM

Benvirá

ISBN 978-85-5717-126-8

DADOS INTERNACIONAIS DE CATALOGAÇÃO NA PUBLICAÇÃO (CIP)
ALINE GRAZIELE BENITEZ CRB1/3129

G624h Isa G.
1.ed.   Uma história entre nós / Isa G.; ilustração Felipo
         Rolim. – 1.ed. – São Paulo: Benvirá, 2017.

ISBN: 978-85-5717-126-8

1. Literatura brasileira. 2. Ficção. 3. Amor.
4. Relacionamento amoroso. I. Rolim, Felipo.
II. Título.

CDD 869.93
CDU 821.134.3

SOMOS EDUCAÇÃO | Benvirá

Av. das Nações Unidas, 7221, 1º Andar, Setor B
Pinheiros – São Paulo – SP – CEP: 05425-902

SAC | **0800-0117875**
De 2ª a 6ª, das 8h às 18h
www.editorasaraiva.com.br/contato

Presidente	Eduardo Mufarej
Vice-presidente	Claudio Lensing
Diretora editorial	Flávia Alves Bravin
Gerente editorial	Rogério Eduardo Alves
Editoras	Débora Guterman
	Paula Carvalho
	Tatiana Vieira Allegro
Produtoras editoriais	Deborah Mattos
	Rosana Peroni Fazolari
Suporte editorial	Juliana Bojczuk

Preparação	Thais Rimkus
Revisão	Mauricio Katayama
Diagramação e capa	Caio Cardoso
Imagem de capa e ilustrações	Felipo Rolim
Impressão e acabamento	Edições Loyola

Índices para catálogo sistemático:
1. Literatura brasileira: ficção   869.93

Copyright © Isabella Moreira Gonçalves, 2017
Todos os direitos reservados à Benvirá,
um selo da Saraiva Educação.
www.benvira.com.br

1ª edição, 2017

Nenhuma parte desta publicação poderá ser reproduzida por
qualquer meio ou forma sem a prévia autorização da Saraiva
Educação. A violação dos direitos autorais é crime estabelecido
na lei nº 9.610/98 e punido pelo artigo 184 do Código Penal.

EDITAR 16003   CL 670438   CAE 620986

AGRADECIMENTOS

Seguir os caminhos traçados por um sonho não é fácil, mas imagino que também não deva ser fácil apoiar quem decide fazer isso. Afinal, é um risco, e não queremos ver aqueles de quem gostamos em situações de perigo.

Por isso, começo agradecendo a Deus, não só por ter me dado um sonho tão lindo, mas por ter me impulsionado, guiado e abençoado durante todo o caminho até agora.

Agradeço ao meu pai, que, além do sobrenome que virou minha assinatura, me deu suporte e apoio para que eu chegasse até aqui.

À minha mãe, por ter me dado tantos livros na infância e adolescência. Mesmo sem perceber, ela já estava me ajudando a dar os primeiros passos no processo da escrita.

Agradeço também aos amigos que acreditaram em mim, leram muitas das frases que aqui estão, me deram dicas, me deram rumo, me deram motivos para sorrir quando o desespero batia e nunca duvidaram da minha capacidade de realizar um sonho.

Ao ilustrador e amigo, que aceitou fazer parte dessa jornada comigo e captou a essência da história.

Aos meus leitores, sempre tão carinhosos e que torceram para que este dia chegasse, que me acolheram como amiga.

E, por fim, agradeço às minhas editoras, por concretizarem meu sonho, pelo apoio, paciência, carinho. O caminho foi muito mais tranquilo e divertido com vocês. Obrigada.

~ Isa G.

PRÓLOGO

O papel é o lugar onde sempre despejei sentimentos na tentativa de enxergar aquilo que me compõe, desde criança. Quando formo frases, trechos, textos, quando descrevo sentimentos e sensações, pedaços de mim se costuram em palavras e me enxergo melhor, e também acabo enxergando melhor os outros. Assim, compreendo melhor o universo do sentir.

Um dia, decidi compartilhar com um público maior aquilo que sentia. Foi assim que, em 2015, criei o perfil "Amargo e Meio" no Instagram. Com frases singelas, às vezes brincando com a formação das palavras, mas sempre com um sentimento profundo por trás, eu falava diretamente com meus leitores. Tentava expressar sentimentos sinceros, nem sempre doces, muitas vezes amargos, mas necessários como aprendizado até mesmo para mim.

Ao longo do tempo, comecei a receber relatos, desabafos de pessoas que haviam passado por sensações semelhantes às minhas ou que viam no que eu escrevia um conforto, uma mão estendida que dizia: "Você não está sozinho e vai ficar tudo bem".

Foi esse processo que me trouxe até este livro. Uma editora admirável conheceu meu trabalho por meio do "Amargo e Meio" e enxergou em mim aquilo que sempre desejei ver no meu reflexo: uma escritora. E, por isso, serei eternamente grata.

A trama de *Uma história entre nós* passa essencialmente por três sentimentos — amizade, amor e saudade —, todos muito abordados por mim no cotidiano da escrita. No livro, será possível acompanhar a jornada de duas pessoas que se encontram por acaso e acabam vivenciando tais sentimentos juntas, mas nem sempre em sintonia. Ela, intensa, sentimental, profunda. Ele, racional, calado, temeroso. Mas ambos atraídos pelo enigma do que poderiam ser, entre nós de afeto.

Embora haja uma sequência da história ao longo das páginas, nem sempre os sentimentos que a acompanham são lineares. O que é normal, não? Quantas vezes nos pegamos conversando com amigos sobre a saudade de um amor? Ou nos apaixonamos de novo, mas ainda com resquícios de uma outra história? Ou ainda nos deparamos com o fim de um amor por alguém, mas passamos a perceber o amor próprio? Quantas vezes por dia sentimos saudades de alguém?

Em suma, esta é uma história entre nós que se uniram e se desataram. Pode ser sobre mim, pode ser sobre você, pode ser sobre seu melhor amigo, ou sobre um saudoso amor. Não importa como escolha ler. Agora, esta história é também um pouco sua, e espero que ela faça você sorrir e sentir.

~ **Isa G.**

O DESTINO É FEITO DE ESBARRÕES. UNS QUE MACHUCAM E OUTROS QUE CURAM. O DESTA HISTÓRIA AINDA NÃO SEI...

EM UM ESBARRÃO, EM UMA MULTIDÃO, UM PAR DE OLHOS ME FEZ ÍMPAR.

* * *

ÀS VEZES, SOZINHA, EU CHORO, FECHO OS OLHOS E ESPERO O TEMPO PASSAR. MAS MUITAS VEZES, SOZINHA, EU RIO, DANÇO E FAÇO O TEMPO PARAR. ISSO NÃO É LOUCURA. SOU SÓ EU APRENDENDO A LIDAR COM MEUS TRAUMAS E TAMBÉM COM A MINHA FELICIDADE.

A GENTE FOI TOMAR CAFÉ, TOCOU "WONDERWALL" E EU COME-
CEI A CHORAR. VOCÊ RIU DA MINHA CARA. AÍ EU FINGI CHORAR
MAIS, E VOCÊ FICOU TODO PREOCUPADO. AÍ QUEM RIU FOI EU.
FOI A PRIMEIRA VEZ QUE RI OUVINDO ESSA MÚSICA DE NOVO,
E VOCÊ NEM DESCONFIOU.

NOTA: "BECAUSE MAYBE YOU'RE GONNA BE THE ONE THAT SAVES ME. AND AFTER ALL,
YOU'RE MY WONDERWALL". "WONDERWALL", OASIS.

ALGUMAS PESSOAS APARECEM EM NOSSA VIDA E, SEM NEM SABER, COLAM PEDAÇOS PARTIDOS E ELIMINAM UNS QUE ACHÁVAMOS ESSENCIAIS, MAS DESCOBRIMOS QUE NÃO. ESSENCIAL É SER INTEIRO, AINDA QUE PARTIDO. ESSENCIAL É NÃO SE PERDER PROCURANDO POR OUTRO. ESSENCIAL É SE ENCONTRAR.

A GENTE SE CONHECEU QUANDO EU NÃO ESTAVA PROCURANDO POR NINGUÉM ALÉM DE MIM. TALVEZ, POR ISSO, EU VEJA TANTO DE MIM EM VOCÊ E TANTO DE VOCÊ EM MIM. VOCÊ NÃO SE IMPORTOU COM MINHAS CICATRIZES À MOSTRA, COM MEU PASSADO AINDA TÃO PRESENTE, NEM COM MEUS TRAUMAS E MINHAS LOUCURAS. EU NÃO PEDI PARA VOCÊ CHEGAR, MUITO MENOS PARA FICAR, E VOCÊ FICOU. SIMPLES ASSIM. MOSTROU-SE AMIGO QUANDO EU ACHAVA ESTAR SOZINHA.

QUANDO VOCÊ ME OLHA EU ME ENXERGO, E É TÃO DIFÍCIL ACHAR ALGUÉM QUE, MAIS DO QUE NOS VER, FAZ A GENTE SE ENXERGAR. É UMA GRANDE SORTE.

* * *

ESBARREI COM O PASSADO E NÃO VI O FUTURO. AINDA ASSIM, DOEU REVER UM PORTO QUE JÁ FOI SEGURO.

MENSAGEM: "ENCONTREI COM ELE".
MENSAGEM: "E COMO FOI?".
MENSAGEM: "NÃO SEI O QUE DIZER".
MENSAGEM: "NÃO DIZ. ESTOU INDO VER VOCÊ E A GENTE NÃO DIZ NADA JUNTO".

AMIGO É ALGUÉM COM QUEM A GENTE DIVIDE A LEVEZA DA FELICIDADE, MAS TAMBÉM O PESO DA TRISTEZA, QUE, ÀS VEZES, É DEMAIS. E A TRISTEZA TEM SIDO DEMAIS. DE NOVO.

A GENTE ACHA QUE ESTÁ BEM, QUE ESQUECEU, MAS, NA VERDADE, O PEITO SÓ ADORMECEU DE TANTO CHORAR, E QUANDO A GENTE MENOS ESPERA ELE DESPERTA GRITANDO. O MEU, ONTEM, GRITOU, E AINDA NÃO O CONSEGUI CALAR.

INSISTO TANTO EM TENTAR MANTER PESSOAS NA MINHA VIDA QUE, ÀS VEZES, NEM PERCEBO AS QUE FICAM SEM EU TER QUE INSISTIR.

* * *

SER AMIGO É NÃO DESISTIR QUANDO O OUTRO É MARÉ FORTE. É CONSTRUIR UM BARCO FIRME E CONTINUAR REMANDO ATÉ PASSAR. VOCÊ TEM REMADO POR MIM NESSES DIAS DE TEM-PESTADE, E EU VOU VOLTAR A REMAR TAMBÉM.

QUANDO DUAS ALMAS SE ENCONTRAM, O TEMPO NÃO DIZ NADA. É COMO SE ELE PARASSE PARA OBSERVAR A INTENSIDADE DO BATER DOS CORAÇÕES, E NÃO DE SEUS PONTEIROS. O TEMPO É QUESTÃO DE SENTIR, E VOCÊ TEM ME FEITO SENTIR TANTO QUE ESCUTO SEU CORAÇÃO QUANDO TOCO O MEU.

A GENTE TANTO RIU QUE NEM VI A LÁGRIMA SECAR.

★ ★ ★

TEM AMIGO QUE É IGUAL A ESTRELA CADENTE: CAI RARO E DE REPENTE NO NOSSO CAMINHO.

NA TEMPESTADE DA VIDA, VOCÊ TEM SIDO A MINHA ÂNCORA.

MANDEI MENSAGEM PARA O PASSADO E AGORA TORÇO PARA QUE O ENDEREÇO ESTEJA ERRADO.

ALGUMAS RESPOSTAS NÃO SÃO ESCRITAS, MUITO MENOS DITAS; AINDA ASSIM, A GENTE AS RECEBE E, MESMO SEM QUERER, ENTENDE.

* * *

ÀS VEZES EU ME PERGUNTO COMO UM SONHADO FUTURO VIRA UM INESPERADO PASSADO. E SÓ NOS RESTA LEMBRAR AQUILO QUE UM DIA, EM SONHO, ACONTECEU.

OS AMIGOS EXISTEM PARA NOS LEMBRAR DE QUEM SOMOS QUANDO A VIDA TENTA NOS FAZER ESQUECER. VOCÊ QUE TEM FICADO, ENQUANTO TUDO PASSA E NÃO PASSA, VOCÊ QUE ACENDE A LUZ QUANDO TENHO MEDO DA ESCURIDÃO, QUE É MEU ESPELHO QUANDO ME ESQUEÇO DE MIM. OBRIGADA.

VOCÊ ME DISSE ASSIM: "O QUE TE DÓI ME DÓI TAMBÉM. O QUE TE ANIMA ME FAZ BEM. SE FOR CHORAR, ME CHAMA; SE FOR RIR, ME CHAMA TAMBÉM". SE SOUBESSE O QUE AS PALAVRAS ME CAUSAM...

* * *

PERCEBI QUE TINHA UM AMIGO QUANDO PUDE SER QUEM REAL-MENTE SOU SEM NEM PERCEBER QUEM FUI.

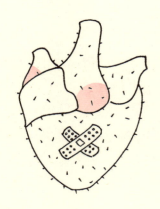

NO MEU CORAÇÃO TODO BAGUNÇADO E CHEIO DE CURATIVO,
VOCÊ OCUPA O LUGAR MAIS BONITO.

VOCÊ É DE AÇO. EU SOU PURO ABRAÇO. GOSTO DISSO. TODO ABRAÇO DEVERIA SER DE AÇO PARA RESISTIR ÀS PANCADAS INTERNAS.

* * *

EU LIGUEI PARA VOCÊ E DISSE: "ESTOU PERDIDA".
E VOCÊ RESPONDEU: "EU SEI COMO TE ENCONTRAR".

NOTA: PARECE SIMPLES, MAS, QUANDO A GENTE SE PERDE INTERIORMENTE, QUANDO NENHUM CAMINHO PARECE TER SAÍDA, QUANDO A VIDA VIRA UM LABIRINTO, TER ALGUÉM QUE SAIBA COMO NOS ENCONTRAR É UM ALÍVIO.

SE TENHO ALGUÉM COM QUEM MEU SILÊNCIO CONVERSA, SEI QUE TENHO UM AMIGO.

VOCÊ TEM ENTENDIDO O MEU SILÊNCIO QUANDO TUDO EM MIM É BARULHO. ALTO DEMAIS.

PERGUNTEI SE MEU PASSADO NÃO TE ASSUSTAVA, E VOCÊ DISSE: "POR QUE ME ASSUSTARIA? SEU PASSADO FOI O QUE ME TROUXE VOCÊ".

* * *

A VIDA É MAIS LEVE COM UM CORAÇÃO CHEIO DE AMIGOS. AINDA BEM QUE TENHO VOCÊ NESSA VIDA TÃO PESADA.

ABRAÇO É QUANDO DOIS CORAÇÕES PRECISAM SUSSURRAR ALGO E, ENTÃO, SE APROXIMAM.

EU TE AMO POR TER APARECIDO QUANDO TUDO SE DESFEZ E POR TER FICADO ENQUANTO TUDO SE REFAZ. EU TE AMO POR GOSTAR DE ROCK E POR DANÇAR ESQUISITO COMIGO ENQUANTO TODO MUNDO OLHA. EU TE AMO POR SER MEU AMIGO. APESAR DO TEMPO, DEVIDO AO SENTIMENTO, EMBORA PAREÇA CEDO, MAS JÁ É MUITO TARDE. POR ISSO, DIGO QUE AMO.

NOTA: SÃO 6H, E VOCÊ ACABOU DE ME DEIXAR EM CASA.

TENHO A MANIA DE ME AFASTAR DE TUDO QUE SE APROXIMA DEMAIS. MAS NÃO QUERO ME AFASTAR DE VOCÊ. NÃO QUERO.

* * *

UM AMIGO É ALGUÉM QUE AMA NOSSAS PARTES BOAS, MAS ACEITA OS DEFEITOS, AS PARTES QUEBRADAS, A ESCURIDÃO. É ALGUÉM QUE A VIDA JUNTOU. É QUEM MOSTRA QUE A GENTE NUNCA VAI ESTAR SOZINHO. EU NUNCA VOU ESTAR SOZINHA. OUVI ISSO HOJE.

POR FORA, SOU SOL.
POR DENTRO, TEMPESTADE.

A GENTE BRIGOU, E EU GRITEI: "DE NADA TE ADIANTAM DOIS PULMÕES SE VOCÊ NÃO TEM UM CORAÇÃO PARA TE FAZER PERDER O FÔLEGO".

... SILÊNCIO.

NOTA: ALGUNS SILÊNCIOS FAZEM MAIS BARULHO QUE UMA TEMPESTADE E DESABRIGAM SENTIMENTOS.

É DIFÍCIL FINGIR QUE NÃO ME IMPORTO, QUE ESTOU BEM, QUANDO TUDO O QUE EU QUERIA É GRITAR: "VOCÊ É UM BABACA, MAS EU TE AMO. BABACA".

* * *

DO MESMO JEITO QUE TEM QUEM GOSTE DE SOL, TEM QUEM PREFIRA TEMPESTADES. ESSE MEU CORAÇÃO CHUVOSO AINDA VAI ACHAR QUEM GOSTE DE DANÇAR NA CHUVA.

QUANDO NÃO CONSIGO DORMIR, FICO TE DIZENDO EM PENSAMENTO TUDO O QUE NÃO TENHO CORAGEM DE FALAR AO VIVO.

TUDO O QUE SE MACHUCA NÃO FICA IGUAL AO QUE ERA QUANDO CICATRIZA. POR QUE SERIA DIFERENTE COM O CORAÇÃO?

* * *

AMIGOS ERRAM, MAS, SE AMIGOS ERAM, TUDO SE ACERTA. SÓ QUE CICATRIZ EM CIMA DE CICATRIZ DÓI MAIS. CUIDADO PARA NÃO BATER NO MESMO LUGAR DE NOVO.

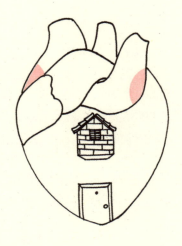

DE TODOS OS LUGARES DO MUNDO, O SEU CORAÇÃO AMIGO,
AINDA DEPOIS DAS TURBULÊNCIAS, TEM SIDO O MEU MAIS SEGURO.

TEM DIA QUE A SAUDADE BATE TÃO FORTE QUE FRATURA POR DENTRO. APANHEI DO PASSADO, CORAÇÃO PARTIU, ESTÔMAGO DEU NÓ, E TUDO AGORA DÓI.

* * *

VOCÊ CARREGA AS GRAÇAS QUE A VIDA AINDA NÃO ME TROUXE. COMO SE FOSSE UM CONTA-GOTAS DE SORRISOS. E, QUANDO EU PRECISO, SEMPRE QUE EU PRECISO, É VOCÊ QUE ME FAZ RIR. APESAR DE SER CONTA-GOTAS DA VIDA, ME FAZ RIR UM RIO INTEIRO ATÉ TRANSBORDAR.

NAS ESTAÇÕES DA VIDA, TÃO CHEIAS E CONCORRIDAS, MEUS
AMIGOS SÃO AS BAGAGENS, SÃO AS HISTÓRIAS MAIS BONITAS.
E ESTA É SOBRE VOCÊ.

⋆ ⋆ ⋆

MEU CORAÇÃO NÃO TEM DESTINO, MAS TEM MUITA BAGAGEM.
E SE VOCÊ ACHAR QUE PESA DEMAIS?

AMIZADE É PONTE QUE LIGA O INÍCIO AO FIM DO MUNDO SE PRECISO FOR. VOU SENTIR SAUDADE.

TEM HORA QUE A GENTE OLHA PARA DENTRO E NÃO SE RECONHECE MAIS. AÍ VEM A VONTADE DE IR PARA UM LUGAR DESCONHECIDO, COMO A GENTE, PARA CONHECER NÃO SÓ O LUGAR, MAS QUEM A GENTE É, QUEM A GENTE SE TORNOU E QUEM QUEREMOS SER. ESTOU INDO EM BUSCA DE MIM.

★ ★ ★

QUEM ME VÊ ASSIM SEMPRE SORRINDO NÃO APRENDEU A ME OLHAR NOS OLHOS.

RECEBI UMA MENSAGEM: "NÃO SOU BOM COM AS PALAVRAS COMO VOCÊ, MAS SINTO SUA FALTA. O SOM DE QUALQUER RISADA ME LEMBRA A SUA. VÊ SE VOLTA LOGO, RISADA TORTA".

* * *

EU SINTO SAUDADE POR NÃO PODER SENTIR OUTRA COISA. OU POSSO?

MENSAGEM ENVIADA: "ANDO SEM VONTADE DE ESCREVER. ESTÁ TUDO TÃO SEM GRAÇA. TALVEZ FALAR DE VOCÊ AJUDE. LEMBRA AQUELE DIA EM QUE A GENTE FICOU OLHANDO O CÉU ATÉ A NOITE VIRAR DIA? DANDO NOME ÀS ESTRELAS E INVENTANDO CONSTELAÇÕES? AQUI O CÉU É LINDO. VOCÊ IA GOSTAR DE FAZER ISSO AQUI. VOU TE MANDAR UM VÍDEO. SEI QUE O COMBINADO FOI SÓ MENSAGEM, MAS É QUE VOCÊ TEM QUE VER. SAUDADE AMARGA D'OCÊ".

AMIGO É PORTO SEGURO QUANDO CHEGA A TEMPESTADE E O BARCO QUE PARTE JUNTO DEPOIS. É AGUENTAR A DISTÂNCIA, ATRAVESSAR O OCEANO QUANDO A SAUDADE APERTA. VOCÊ VAI ATRAVESSAR, E EU VOU ME REENCONTRAR.

CADA MINUTO SEM VOCÊ É UM MINUTO A MAIS QUE A SAUDADE TEM PARA ME MALTRATAR.

NOTA: TUDO O QUE EU QUERIA ERA VER VOCÊ CHEGAR E GRITAR NO PORTÃO.

E NESSA DISTÂNCIA MUITA COISA SE PERDEU, MUITO DO QUE ACHAVA QUE COMPUNHA O MEU "EU", MAS MUITA COISA TAMBÉM SE APROXIMOU, COISAS QUE VOCÊ DESPERTOU AOS POUCOS, COISAS COMO VOCÊ E EU.

✶ ✶ ✶

TEM DIAS EM QUE A SAUDADE É MAIOR QUE A NECESSIDADE DE ESQUECER.

NOTA: HOJE, MAIS UMA VEZ, ME LEMBREI DO QUE HÁ MUITO JÁ ME ESQUECEU.

NÃO ADIANTA A GENTE SE AFASTAR DE TUDO AQUI DO LADO DE FORA QUANDO POR DENTRO TUDO CONTINUA NO MESMO LUGAR. PERTO DEMAIS DO CORAÇÃO E LONGE DEMAIS DO ESQUE-CIMENTO. NÃO ADIANTA.

* * *

É SÓ VOCÊ CHEGAR QUE EU ESQUEÇO DE TUDO O QUE JÁ SE FOI. É SÓ VOCÊ SORRIR QUE EU SEI POR ONDE (R)IR.

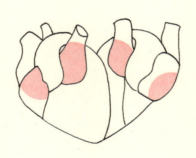

INTIMIDADE É O ENTRELAÇAR DOS CORAÇÕES, E EU JÁ NÃO SEI ONDE COMEÇA O MEU OU TERMINA O SEU.

SE QUISER ENTENDER O QUE SE PASSA AQUI POR FORA ME OLHE POR DENTRO.

E VOCÊ ATRAVESSOU UM OCEANO PORQUE EU ME PERDI. VOCÊ ATRAVESSOU UM OCEANO E EU NEM PEDI. VOCÊ TEM ATRA-VESSADO CAMINHOS QUE NINGUÉM NUNCA ATRAVESSOU. SERÁ ISSO O QUE CHAMAM DE AMOR?

* * *

O AMOR NÃO É CEGO, ELE ENXERGA AS PESSOAS POR DENTRO.
—————
NOTA: E EU SEI QUE VOCÊ ME ENXERGOU.

AQUI DENTRO VOCÊ SÓ NASCE.
LÁ FORA O MEU SÓ(L) SE PÕE.

QUANDO A GENTE SE CONHECEU ERA TUDO ESCURIDÃO AQUI
DENTRO, SABE? EU ESTAVA NAQUELA DE UM DIA BOM E CINCO
RUINS, "HOJE EU RIO", "AMANHÃ EU CHORO", E NÃO SEI POR
QUE CARGAS-D'ÁGUA VOCÊ RESOLVEU ME AJUDAR. VOCÊ FICOU
DO MEU LADO QUANDO NEM EU ESTAVA ALI PARA MIM, ME DEU
A MÃO QUANDO EU PRECISAVA SENTIR O QUE ERA REAL E O
QUE ERA FANTASIA. ACHO QUE VOCÊ CUIDOU DE MIM ATÉ EU
SER CAPAZ DE ME CUIDAR DE NOVO, E AGORA EU ME APAIXONEI
POR VOCÊ E NÃO SEI O QUE FAZER.

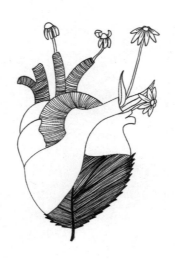

MEU CORAÇÃO ERA SEMENTE. FOI TE VER, ASSIM, DIFERENTE, QUE FLORIU DE REPENTE.

VOCÊ TEM UM SORRISO LARGO E ANDA COMO SE SOUBESSE PARA ONDE IR. FECHA OS OLHOS PARA OUVIR MÚSICA E TOCAR PIANO, MAS O QUE EU MAIS GOSTO É DO SEU ABRAÇO, PORQUE SINTO ARMADURAS SE DESFAZENDO ALI E CAINDO AO CHÃO. O MESMO CHÃO ONDE VOCÊ ME ENCONTROU EM MEIO A TANTO CAOS.

* * *

TENHO NOTADO QUE O AMOR É UM CONJUNTO DE PERGUNTAS QUE A GENTE NÃO FAZ E DE RESPOSTAS QUE A GENTE NEM IMAGINAVA SABER.

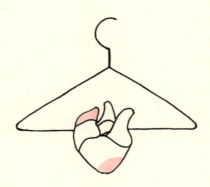

A VERDADE É QUE MEU CORAÇÃO NÃO É MAIS MEU DESDE QUE VOCÊ APARECEU.

É TÃO BOM CONSEGUIR SE VER NO OUTRO, OUVIR, SENTIR. QUANDO A GENTE AMA, UM PEDAÇO NOSSO SE TRANSPORTA PARA LÁ E A GENTE GANHA UM PEDAÇO NOVO. ESSE PEDAÇO NOVO TEM ME FEITO TÃO BEM. NÃO ENCAIXA PERFEITAMENTE, AMOR NÃO É ASSIM. MAS A GENTE SENTE... A GENTE SENTE O PEDAÇO DO OUTRO BEM AQUI.

✶ ✶ ✶

AMEI QUANDO NÃO QUIS. MAS, APESAR DE NÃO QUERER, O CORAÇÃO GRITOU MAIS ALTO E, ENFIM, DESPERTOU.

ALMA GÊMEA, ALMA OPOSTA. QUANDO A GENTE GOSTA NÃO IMPORTA.

* * *

VOCÊ JÁ SENTIU MEDO DE PERDER ALGUÉM ANTES MESMO DE "TER" ESSA PESSOA? POR SABER QUE SERIA BOM DEMAIS SE DESSE CERTO, MAS DOLOROSO DEMAIS SE DESSE ERRADO? POIS É.

PAR(CERIA) SE MEU ÍMPAR SE SOMASSE AO SEU.

SE VOCÊ FOR MAR, EU VIRO PEIXE. SE VOCÊ FOR NUVEM, VIRO CÉU. SE VOCÊ FOR CHUVA, VIRO TERRA. SE VOCÊ FOR MEU, EU JÁ SOU SUA.

BEIJO É O TOQUE QUE O CORAÇÃO NÃO PODE DAR.

NOTA: E OS NOSSOS SE TOCARAM.

TEM PRIMEIRO BEIJO QUE PARECE REENCONTRO. E ESSES SÃO OS MELHORES.

QUANDO OUÇO UMA MÚSICA DE QUE GOSTO É COMO SE CADA NOTA ME TOCASSE, COMO SE CADA ACORDE FOSSEM PEDAÇOS MEUS, E CADA MELODIA, O QUE EU SINTO. VOCÊ É UMA MÚSICA PARA MIM, E, SE EU SOUBESSE TOCAR, TOCARIA VOCÊ.

NOTA: ESTOU SENTADA NA REDE, OUVINDO "YOUR SONG" NA VERSÃO DA ELLIE GOULDING, VENDO VOCÊ SENTADO NA CAMA AFINANDO O VIOLÃO E PENSANDO NA SORTE QUE TENHO.

ÀS VEZES NÃO DÁ PARA EXPLICAR O QUE A GENTE VÊ NO OUTRO, O QUE O TORNA ESPECIAL EM MEIO A TANTOS, O QUE NOS TOCA. PODE SER SÓ O JEITO DE SEGURAR A MÃO OU A FORMA COMO OS OLHARES SE ENTENDEM. PODE SER TANTA COISA, MAS É SEMPRE AMOR.

* * *

NÃO OUSO DIZER O QUE É O AMOR, MAS SEI QUE MUITO DO QUE ELE É ENCONTRO EM VOCÊ.

VOCÊ TEM DUAS PINTAS PERTO DO OLHO DIREITO QUE, MEU DEUS, UMA É MEU PECADO E A OUTRA O MEU PERDÃO.

COM QUEM A GENTE ESCOLHE PASSAR O DOMINGO DIZ MUITO SOBRE O AMOR. É FÁCIL AMAR EM DIAS CORRIDOS, NO VAIVÉM DA VIDA. DIFÍCIL É AMAR NA CALMARIA, QUANDO NADA MAIS EXISTE OU IMPORTA. É COMO OLHAR O MAR SEM ONDA E AINDA ASSIM ACHAR MOVIMENTO, BELEZA, VIVACIDADE. NOSSO AMOR É UM DIA BOM DE DOMINGO.

E NESSES DIAS NUBLADOS DE CHUVA E FRIO DÁ QUASE UMA "VONTADEZINHA" DE PECAR SÓ PARA ENCONTRAR O PERDÃO NO CANTO DIREITO DO SEU ROSTO. ME ABRAÇA FORTE, ME SEGURA E ESQUENTA, FICA? QUE EU SEI QUE VAI FICAR TUDO BEM.

* * *

PODE SER PASSO, SEREI CAMINHO. PODE SER RISO, SEREI CONTIGO. TALVEZ A GENTE SE EQUILIBRE NESSA DIFERENÇA. SOU ÍMPAR, VOCÊ TAMBÉM. TALVEZ SOMADOS CONTINUEMOS UM.

SABE QUANDO VOCÊ VÊ DUAS PESSOAS EM UM MESMO LUGAR E, MESMO SEM ELAS ESTAREM PRÓXIMAS, VOCÊ CONSEGUE VER QUE ALI HÁ UMA HISTÓRIA? PELO JEITO QUE SE OLHAM, PELO MOVIMENTO DOS CORPOS EM SINTONIA, PELOS SORRISOS QUE TROCAM? ANTES EU OBSERVAVA ESSAS PESSOAS, HOJE SEI QUE NOS OBSERVAM.

* * *

SEU CABELO SEMPRE ASSIM TODO BAGUNÇADO COMBINA COM O MEU CORAÇÃO. ELE NUNCA FOI MUITO ARRUMADO TAMBÉM.

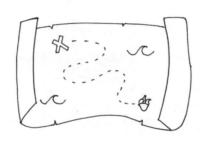

O COMPLICADO DO AMOR É ELE NÃO SER COMPLICADO. A GENTE SE ACOSTUMA TANTO A DECIFRAR O "X" DAS QUESTÕES, A DESCOBRIR INCÓGNITAS, QUE, QUANDO ALGUMA COISA SIMPLESMENTE APARECE E É, A GENTE COMPLICA SÓ PARA TER O QUE RESOLVER.

NOTA: ESSA MINHA MANIA DE FICAR PROCURANDO PROBLEMA POR NÃO ACREDITAR QUE ESSA HISTÓRIA PODE SER MESMO LINDA ASSIM AINDA VAI NOS PREJUDICAR.

VOCÊ ATRAVESSOU UM OCEANO PARA ME ENCONTRAR, EU ATRAVESSEI UM DESERTO QUE ERA O MEU CORAÇÃO SÓ PARA VER VOCÊ CHEGAR. O AMOR TEM DESSAS, NÃO É? FAZ A GENTE PASSAR POR LUGARES ASSUSTADORES ANTES DE SOSSEGAR.

O UNIVERSO UNE VERSOS CUJO ENCAIXE A GENTE NÃO IMAGINAVA EXISTIR. OLHE PARA MIM E PARA VOCÊ. SOMOS UM POEMA FEITO DE ANTÍTESES.

E ME PERDOE O EXCESSO. DE PALAVRAS, DE CHORO, DE SENTI-
MENTO. É QUE EU TRANSBORDO MESMO. EM TUDO. EM TODOS.
MEU BARCO FUROU QUANDO NASCI, ENTÃO TIVE QUE APRENDER
A NAVEGAR EM ÁGUAS PROFUNDAS. E FIQUEI DENSA. INDO
SEMPRE AO FUNDO DE MIM, DE VOCÊ, DE TUDO QUE ME TOCA.

O AMOR, ÀS VEZES, MAIS PARECE UM RELÓGIO EM DESCOM-
PASSO. DESPERTA PRIMEIRO PARA UM ENQUANTO O OUTRO
CONTINUA EM SONO PROFUNDO. QUE NOSSOS RELÓGIOS ESTE-
JAM ACERTADOS.

* * *

O INFINITO NÃO É TÃO GRANDE QUANTO EU PENSAVA. ELE
CABE NO ESPAÇO EXATO ENTRE DOIS CORAÇÕES.

SE EU SOUBESSE ESCREVER UM POEMA, ESCREVERIA VOCÊ.

E VOCÊ É UM POEMA QUE RI TORTO.

OU CURAMOS AS FERIDAS DO PASSADO OU CONTINUAMOS SANGRANDO NO PRESENTE, POR MAIS QUE PAREÇA TUDO BEM.

04:18 É O TEMPO QUE DURA A MÚSICA. 04:18 É O TEMPO QUE EU FICO NO PASSADO, MESMO SABENDO QUE MEU LUGAR É NO PRESENTE.

NOTA: "ALL I WANT", KODALINE.

DE AMOR EM AMOR, EMBRIAGO. DE DOR EM DOR, VEM A RESSACA.

* * *

AMOR, AMOR, AMOR, AMOR, AMOR. SALVO A MIM MESMA QUANDO ESCREVO. SE ESCREVER "AMOR" REPETIDAMENTE TAMBÉM O SALVO? AMOR.

O PROBLEMA É QUE, ÀS VEZES, NA TENTATIVA DE SERMOS INTEIROS, VIRAMOS A METADE DO OUTRO.

AMOR NÃO É GARANTIA DE ETERNIDADE. ALGUMAS HISTÓRIAS TERMINAM SEM QUE O AMOR ACABE. SERÁ MESMO O NOSSO FIM?

* * *

PARTIR AGORA É UM JEITO DE NÃO ME PARTIR DEPOIS. JÁ ME TRINQUEI DEMAIS. NÃO QUERO QUEBRAR.

OBRIGADA POR TER SIDO QUEM EU PRECISAVA. MESMO QUE ISSO TENHA SIGNIFICADO VOCÊ NÃO PERMANECER NA MINHA VIDA.

* * *

MEU CORAÇÃO CHEIO DE BAGAGEM PESOU DEMAIS PARA VOCÊ. E AGORA EU SINTO O PESO QUE SERÁ SEGUIR ESSA VIAGEM DA VIDA SEM VOCÊ.

TALVEZ SEJA EGOÍSMO MEU, MAS EU AINDA VEJO VOCÊ COMO
MEU MELHOR AMIGO E SINTO UMA SAUDADE ENORME.

* * *

EU DESISTO. NÃO POR FRAQUEZA, POR NÃO QUERER MAIS NEM
POR CANSAÇO. É PORQUE TEM COISAS QUE FORAM FEITAS
PARA A GENTE ABRIR MÃO, APRENDER E SEGUIR EM FRENTE.

E QUEM DIRIA QUE O QUE COMEÇOU COM UM OLHAR TERMINARIA SEM VOCÊ OLHAR PARA TRÁS.

* * *

SAUDADE É UM REFLEXO NO ESPELHO TRINCADO DO AMOR.

SAUDADE É O DIA ANTERIOR DO MEU CALENDÁRIO COMUM E O PRÓXIMO DIA NO CALENDÁRIO DO AMOR.

A GENTE, QUE DAVA NOME ÀS ESTRELAS, QUE TOMAVA CAFÉ O DIA TODO, ATÉ DE MADRUGADA, QUE ASSISTIA A FILMES E DORMIA NO SOFÁ. COMO ABRIR MÃO DISSO TUDO? EU SEI QUE VOU AMAR DE NOVO. O QUE EU QUERO SABER É SE VOU ESQUECER O QUE PASSOU. O CORAÇÃO É CAPAZ DE AMAR INÚMERAS VEZES, MAS ACHO QUE NÃO TEM A MESMA CAPACIDADE DE ESQUECIMENTO.

* * *

SÓ VAI SER PASSADO SE EU DEIXAR PASSAR.

ALGUMAS COISAS SÃO MAIS BEM VISTAS DE LONGE. HOJE PERCEBO QUANTO DE AMOR HAVIA ENTRE NÓS, MAS NOS ATAMOS ENTRE NÓS PASSADOS E NOS PERDEMOS NO QUE PODERIA TER SIDO LAÇO.

* * *

DESCULPE SE ME ATRASEI, MAS PRECISEI VER VOCÊ PARTIR PARA SABER QUE ERA A HORA CERTA DE CHEGAR.

O DESTINO DISSE PARA O TEMPO: "EU JUNTO OS DOIS E VOCÊ SEPARA DEPOIS". FOMOS VÍTIMAS DE UMA BRINCADEIRA DO UNIVERSO.

IRONIA DO DESTINO FOI A GENTE TER SE ACHADO SÓ PARA SE PERDER.

UM CORAÇÃO QUE SABE AMAR TAMBÉM SABE A HORA DE DIZER ADEUS. POR MAIS QUE ELE NÃO QUEIRA. E O MEU, MUITAS VEZES, NÃO QUER.

* * *

NOSSA HISTÓRIA NÃO FOI UM RASCUNHO ESCRITO NUM GUAR-DANAPO DE UM BAR QUALQUER, EMBORA, ÀS VEZES, PAREÇA.

NOTA: "REFRÃO DE BOLERO", ENGENHEIROS DO HAWAII.

PASSARINHO, ME EMPRESTA O SEU NINHO PORQUE O MEU DESABOU DEPOIS QUE O AMOR VOOU PARA LONGE DAQUI.

ENTRE NÓS E NÓS, DESFIZEMO-NOS.

* * *

A SAUDADE TEM SIDO UMA ROUPA QUE VISTO PARA VISITAR O PASSADO.

FIZ DO PASSADO UMA BÚSSOLA, E, NELA, VOCÊ É O PONTEIRO QUE ME MOSTRA PARA ONDE NÃO DEVO IR.

FIZ DA SAUDADE UM LUGAR ONDE GUARDO VOCÊ E, ÀS VEZES, ACHO PARA NÃO ME PERDER.

✶ ✶ ✶

ESTOU SENTADA COM O CORAÇÃO PARTIDO EM MIL PEDAÇOS. UM HOMEM DE OLHOS AZUIS COMO MAR EM TEMPESTADE SE APROXIMA DE MIM E DIZ: "ÀS VEZES A FELICIDADE ESTÁ NO ESPAÇO ENTRE A LEMBRANÇA E O ESQUECIMENTO".

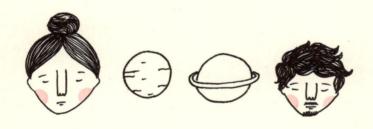

ÀS VEZES O DESTINO NOS LEVA A UM LUGAR NÃO PARA A GENTE FICAR, MAS PARA APRENDER A IR EMBORA. ÀS VEZES O DESTINO NOS LEVA A PESSOAS COM ESSE PROPÓSITO TAMBÉM.

É PRECISO APRENDER A IR EMBORA DE QUEM JÁ NÃO TEM MAIS LUGAR PARA A GENTE FICAR. AOS POUCOS, ÀS DORES, TENHO APRENDIDO A IR E TENHO OLHADO CADA VEZ MENOS PARA TRÁS.

PASSADO É LUGAR PARA SE CRIAR MEMÓRIAS, E NÃO RAÍZES.
TENHO REPETIDO ISSO TODOS OS DIAS.

*   *   *

IR EMBORA REQUER MAIS CORAGEM DO QUE AMAR ALGUÉM.
AMAR É FÁCIL. TER QUE PARTIR COM AMOR AINDA NO PEITO,
MEU AMIGO...

OLHO PARA OS LADOS E NÃO TE ACHO, OLHO PARA FRENTE E NO
FUTURO TE ENCAIXO, OLHO PARA TRÁS E DESCUBRO: VOCÊ FICOU.

* * *

SE EU PUDESSE VOLTAR NO TEMPO, VOLTARIA EM UM DIA
ANTES DE TE CONHECER SÓ PARA LEMBRAR COMO ERA A VIDA
ANTES DE VOCÊ E SENTIR COMO SERIA TE ESQUECER.

SÓ EU SEI O PESO QUE É CARREGAR O VAZIO QUE VOCÊ DEIXOU.

ÀS VEZES, A GENTE SE AGARRA À DOR PORQUE ELA É A ÚLTIMA COISA QUE RESTA PARA LEMBRAR QUE FOI REAL. FOMOS REAIS, AFINAL. AO FINAL.

⋆ ⋆ ⋆

UM PASSO E ME AFASTO DE VOCÊ. UM PASSO E ME APROXIMO DE ESQUECER VOCÊ.

QUANDO AMEI, FUI ATÉ O FUNDO. PARA TE ESQUECER, NÃO TENHO PASSADO DA SUPERFÍCIE.

EU CONHEÇO UM HOMEM DE LATA, E ELE NÃO SABE A FALTA QUE SEU ABRAÇO REVESTIDO DE AÇO ME FAZ.

* * *

QUANDO O AMOR VAI EMBORA, NEM SEMPRE O APEGO VAI JUNTO. ÀS VEZES É PRECISO EXPULSÁ-LO À FORÇA PORQUE ELE NOS AMARRA AO PASSADO, E NOSSO LUGAR É NO PRESENTE. AQUI E AGORA.

NINGUÉM PARTE DESSA VIDA SEM ANTES PARTIR O CORAÇÃO.
SEJA O PRÓPRIO OU NÃO.

DESDE QUE VOCÊ PARTIU, SÓ A SAUDADE É INTEIRA.

PASSARINHO, COM CARINHO, PASSA RINDO E ME ENSINA A VOAR PARA LONGE DE QUEM NÃO SABE SER NINHO.

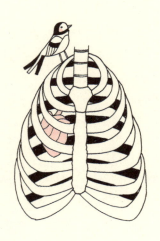

O PASSADO É UMA GAIOLA ABERTA DE ONDE MUITOS NÃO SAEM POR MEDO DE NÃO SABER MAIS COMO VOAR.

NOTA: "TAKE THESE BROKEN WINGS AND LEARN TO FLY". "BLACKBIRD", BEATLES.

VOCÊ JÁ NÃO ME DÓI MAIS.
ME DOEI. ME DOEU.
AGORA FICOU PARA TRÁS.

* * *

SAÍ, TOMEI AQUELE VINHO DE QUE TANTO GOSTO, CANTEI. TOCOU
AQUELA MÚSICA E FOI COMO SE MINHA PELE RASGASSE ALI MESMO.
FERIDA EXPOSTA E VOCÊ DE VOLTA.

NOTA: "WE ARE YOUNG", FUN, ERA UMA DAS NOSSAS FAVORITAS. CANTÁVAMOS NO
CARRO COM O VIDRO ABERTO E TODO MUNDO OLHAVA, A GENTE RIA E CANTAVA MAIS ALTO
AINDA. AGORA, TODA VEZ QUE ELA TOCA, DÓI, E A VONTADE DE RIR NÃO ACONTECE MAIS.

TEM COISAS QUE NÃO FORAM FEITAS PARA SER GUARDADAS NO CORAÇÃO E, QUANTO MAIS A GENTE INSISTE EM FAZER ISSO, MAIS O PEITO INSISTE EM DOER, NA TENTATIVA DE EXPULSAR O QUE NÃO FOI FEITO PARA ALI ESTAR.

A GENTE NÃO PODE DEIXAR A SAUDADE SER MAIOR DO QUE O AMOR QUE A GENTE SENTIU. É ISSO QUE MACHUCA.

* * *

"CALMA", VOCÊ ME DIRIA. "O TEMPO VAI CUIDAR DE TUDO, VAI CURAR." QUANTO TEMPO FAZ QUE EU NEM O VEJO E VOCÊ CONTINUA INTEIRO AQUI? O TEMPO PASSA E VOCÊ FICA. É ASSIM. EU AINDA NÃO ESQUECI VOCÊ. QUE ISSO FIQUE CLARO. TALVEZ A GENTE SE ESBARRE DE NOVO. TALVEZ NÃO. MAS, QUANDO FECHO OS OLHOS, AQUELE ESBARRÃO AINDA É A PRI-MEIRA COISA QUE VEJO.

A GENTE NÃO SE AFOGA SÓ DE ENTRAR NO (A)MAR. A GENTE SE AFOGA SE NÃO SOUBER NADAR. EU AMEI. QUER DIZER, NADEI.

TE AMEI COM A PROFUNDIDADE DE UM OCEANO. VOCÊ SE FOI, E CHOREI UM MAR. HOJE EU RIO. AMANHÃ...

QUERIA DIZER QUE SINTO SUA FALTA, MAS AGORA VOCÊ É SÓ UM PEDAÇO, E EU APRENDI A SER INTEIRA.

MENSAGEM QUE NÃO ENVIEI: "DEMOREI A TE ESCREVER ESSA MENSAGEM PORQUE ESTAVA COMEÇANDO COM UM 'OI, SINTO SUA FALTA'. ATÉ QUE ME DEI CONTA DE QUE O COMEÇO ERA NA VERDADE O FINAL, ONDE ESCREVI 'ADEUS'".

* * *

UMA VEZ VOCÊ ME DISSE: "NÓS NÃO NOS ESCOLHEMOS POR ACASO". NÃO FOI MESMO. FOI POR TEIMOSIA.

(DES)PEDI PRA VOCÊ FICAR. AINDA QUE SÓ NA MEMÓRIA.

* * *

DAS COISAS QUE EU NUNCA TIVE VOCÊ FOI A MELHOR DELAS.
DAS QUE EU JÁ TIVE, TAMBÉM.

A GENTE BRINCAVA DE DAR NOMES ÀS ESTRELAS. HOJE OLHO PARA O CÉU E CHAMO TODAS DE SAUDADE.

QUANDO O VENTO SOPRA, EU O SINTO SUSSURRAR OS SILÊNCIOS QUE VOCÊ DEIXOU NO AR.

ENTRE AS RUÍNAS DO MEU CORAÇÃO TÃO PARTIDO, O AMOR VOLTA A BROTAR. AOS POUCOS.

DEPOIS DE NÓS, SÓ QUERO LAÇOS.

EU PRECISAVA DE VOCÊ NO MEU CAMINHO E TIVE. E, AINDA QUE VOCÊ NÃO TENHA PERMANECIDO, FOI FUNDAMENTAL PARA QUE EU ME TORNASSE QUEM SOU HOJE. EU PRECISAVA AMAR VOCÊ PARA APRENDER A ME AMAR MAIS. EU PRECISAVA PERDER VOCÊ PARA APRENDER QUE SOU SUFICIENTE. EU PRECISAVA DE VOCÊ, HOJE NÃO PRECISO MAIS. OBRIGADA POR TER CHEGADO. OBRIGADA POR TER PARTIDO. MEU CORAÇÃO, HOJE TÃO BONITO, É MAIS BONITO PORQUE VIU VOCÊ PASSAR.

* * *

VOCÊ VAI SER SEMPRE A PESSOA QUE CONHECI TARDE DEMAIS E QUE FOI EMBORA CEDO DEMAIS.

ADEUS É ONDE A ESTRADA SE DIVIDE E CADA UM VAI PARA UM LADO. ADEUS.

* * *

ÀS VEZES, NÃO É CULPA DE NINGUÉM. ÀS VEZES, A GENTE CULPA O OUTRO NA TENTATIVA DE PERDOAR A NÓS MESMOS. ÀS VEZES, AS COISAS CHEGAM AO FIM E É ISSO. PELO MENOS É NO QUE VENHO TENTANDO ACREDITAR.

TENHO ANDADO LIVRE, FINALMENTE. E QUER SABER? DESCOBRI QUE SER LIVRE NÃO É SER SOZINHO. É SER SUFICIENTE.

OLHA, VOCÊ É SUFICIENTE. ISSO NÃO SIGNIFICA QUE VOCÊ NÃO DEVE AMAR OUTRO ALGUÉM, MAS, SIM, QUE VOCÊ NÃO PRECISA DISSO PARA SER FELIZ. VOCÊ PODE AMAR O MUNDO INTEIRO SE QUISER, PORQUE É CAPAZ, MAS NÃO SE AME MENOS POR AMAR DEMAIS.

―――

NOTA: TENHO DITO ISSO TODOS OS DIAS AO ACORDAR.

VOCÊ SÓ TEM UM CORAÇÃO, É VERDADE. MAS ISSO NÃO SIGNIFICA QUE VOCÊ SÓ VAI AMAR UMA VEZ.